今《いま》の現《をつづ》

――附・詩集（「信長記」ほか）――

淺井光明著

風詠社

目次

今_{いま}の現_{をつづ}

古《いにし》へゆ　今のをつづに　かくしこそ　見る人ごとに　かけてしのはめ

――萬葉集巻十七・三九八五――

今《いま》の現《をつづ》

洒落たガラス扉を押して中へ入った。冷房が少し強かった。いつものように奥へ行った。すがら、他所《よそ》の客に呼ばれて戻るウェイトレスが、「あら、どうしてんの。しばらくぶりじゃない」昭二を目にとめて声をかけた。折々悪戯《いたずら》っぽい冗談をぶつけてはからかったことのある少女だった。昭二は返事がわりに注文《オーダー》を告げ、「少し見ない間に可愛くなるもんだな」いつもの調子で言って微《わ》笑《ら》った。「ほんとう」少女は真顔で聞き返しながら、言った昭二の表情で咄嗟に例のそれと知り、手にしていた銀盆《トレイ》でそんな昭二をゆるくぶつ真似をしてみせた。瞬間、軽快な足さばきで体を躍らせ後ろへ飛び退いた昭二の、憎むことのできぬ人を食ったような身のこなしに、少女はうちつけ怒気を挫かれて思わず微苦笑しながら、昭二がいつも陣取るテーブルを目で示し、「空いてるわよ」と言ってそのまま聞いたオーダーをもって厨房へ消えた。

時間帯を外れているのか客の入りはまばらだった。昭二はいつもの席に腰を下ろした。

伝えられた時間にはまだ少し間があった。

煙草に火を点《つ》けながら何となく見やった窓から、遠く上方に屋外の風景の複雑に入りくんだ輪郭に切りとられた乳灰色の空が、煙霧《スモッグ》にくすんで覗いている。手前にはいくつにも重なるように林立した大小様々なビルが、たそがれ前の少し黄ばんだ日の光を浴びていた。気ままな遊びに明け暮れてきた街の一角の見慣れた当たりの景色が、大きな窓ガラスの向こうに何か非現実的なものに見えた。

昭二はいつだったか知り合いの雑用を手伝っていてつい遅れてしまった昼食

をとりに、ふと寄ったレストランでのことを思い出しながら、北村とのやりとりを辿り直してみた。

あれは先日のことだった。

◯

「出てこいよ。津山」

北村は最近買い換えたというスポーツタイプの外車を自慢しながら歯痒そうに言った。

「何かあるの」

気のない声で返した昭二に、

「来ればわかるよ」

新手の遊びでも見つけたらしい様子でたたみかけた。

遊興といえばたいてい事を共にしてきた北村だったが、このところ昭二の方から誘いをかけることはなくなっていた。北村からは何度か電話がかかったりしていたが、その度に昭二は決まったように生返事を繰り返していた。そのような交わりをもどかしく感じていたのか北村は、休みに入っても沙汰なしの昭二に、その日は痺れをきらしたように会いにやってきたのだ。

水を向けても一向に乗ってくる素振りのない昭二に、

「誰に気兼ねすることなく遊びまわれる夏も今年で最後だっていうのに、どうかしてるんじゃないのか」

北村は声高に言って昭二の寝台《ベッド》の横にあるステレオの撮みを腹立たしそうにひねった。

○

レストランはがらんとしていた。入口に近いテーブルにサングラスをかけて胸元に大きく白い横文字を染めぬいた色褪せた汗とりシャツを着た若い男が、背まである長い縮らせた髪をわざとらしく掻き上げながら、向かいに坐した同じような年ばえの女子学生とふざけ合っている。その娘の顔の割には大きすぎる耳飾り《イヤリング》が、その男とのたわいない応酬に上半身を動かすたびにひどく大袈裟にゆれた。遠く離れたところに、ビールの泡のあとをつけて飲み干したジョッキを前に、週刊誌を読んでいるセールスマン風の男が一人いて、昭二の座った席と背中合わせになった席に別の一組がいるきりだった。

昭二は思い出す。……

「戦に敗れるとは嘆かわしいことだな」

それまで気にもとめていなかった背後のテーブルから、不意にため息まじりの言葉がこぼれた。

「今の若者たちのことかしら」

その後を歳の離れたまだ若い女の声が追いかけた。

前後の事情の飲み込めぬまま、何か仔細でもありそうなその場の気分に当てられたように、それとなく後ろを見やった昭二の目に、テーブルの上に視線を落とした見覚えのある女の横顔が見えた。それは数年前、まだ大学を卒《お》えて間もなく昭二の通う中学校に赴任し、若手教育者として評判のよかった女教師だった。なかなかの美人で、男子生徒ばかりでなく女子にも人気のあった彼女は、その三年の社会科で昭二の学級《クラス》を担当したのだ。

懐かしいような感情が昭二を襲った。ゆくりなくもその頃に還されるような錯覚のうちに須臾の間蘇った光景は、忘れがたい記憶とともに昭二の内に今なお鮮明に焼きついてあった。

市街《まち》は急速に変貌を遂げつつあった。昭二の住む家の近辺も都市計画の一環で立ち退きや区画整理が行われ、その有様を一変しようとしていた。すでにかなりの程度に復興もなされ、破壊された跡形らしいものさえ最早見つけるのが難しいほどになっていた。

学校の近くでは地元の私鉄の線路拡張工事が毎日休みなく続けられていた。クレーン車に吊上げられた鉄板を地面に打ちつける金属音が断続的に響いては、道路ひとつ隔ててすぐ北側にある大した規模のない校舎全体に伝わってくる。傾きかけた西日の赫い日ざしが校庭に照りつけ、窓際にかかっている。運動場の向こうから聞こえてくる騒音をそれによって遮ろうとでもするように、「カーテンを閉めなさい」近くの生徒に教師は促し、「先週出しておいた宿題を今日はみなさんに言ってもらいます」時限の始めにそう言って手元の分厚い黒い表紙の出席簿を開き、五十音順に配列された生徒たちの名前を任意に指していった。

宿題というのは、教科書の巻末に収録された日本国憲法の前文を暗誦してくるというものだった。それが教師にとってその日の授業の導入部でもあり、次の章へと進んでいく契機となっていた。

半分位言えた者、三分の一までだった者、皆目答えられずにいた者たちのなかで、何番目かに当てられた昭二は、途中一度つまりかけはしたものの落ち着いて最後まで完全に諳んじてみせたのだ。それまで静かだった教室がにわかにざわめき、教師は満足そうな微笑《えみ》を浮かべてそこで指名を打ちきり、みんなの前で昭二を褒めたのだった。

だが、昭二は何故かそれをそのまま安易に信じる気持ちにはなれなかった。

「もう何度もお話したわ。それは難しいことなのよ」

暫くの間をおいてから、女教師は遣る方なさそうに言った。

「生まれた時が昭和二十年以後だとしたら、それまでのことは全く経験的に知覚する埒外だし、すでに新しい形式やら価値やらが徐々に形成されていくまさにその渦中に育っているとしたら、彼ら戦後生まれの生徒たちにお父様がお感じになってらっしゃるような戦後なんてないでしょう。私の教える社会科の時間に学んだり習ったりはするけれど、敗戦という事実を自己のものとして意識しようとはしないし、また実際にしていないのよ。それに対する実感というものがまるでないのだし、それはそれで当たり前なことじゃないかしら」

ここ数年間に教育現場から直接間接に感受してきたものを、今一度確かめるような話ぶりだった。

「追体験ってこともできるじゃないか」

老年の父は苦々しく言った。

「あの戦争は戦線がひろがっていたし、戦争体験も人によってまちまちで、何よりも尋常ではなかったのではないの？」

老父は黙っていた。

「戦火に焼かれた市《まち》はもうないんですもの。こんな短い時間に修復され、つくり上げられた街を見て、誰がかつての悲惨を正しく想像し理解することができるのかしら。たいそう立派な市街や住宅が現に目の前に、ずっと以前からそこにそうして在ったように在るのですもの」

女教師はそういう状態に誰よりも苛立っているのは自分なのだというふうだった。老父はそれでもなお肯んじきれぬのか、

「わしには、どうも今の若い連中の精神風土とやらはよくわからんな」

放擲《なげ》たように言うのが聞こえた。

「複雑なところにいるっていうのが本当なのかな……。歴史が彼らをそう位置づけてしまったのよ。むろんそれは彼らの所為じゃないけれど。でも実感を伴

わない戦後は戦後とは呼べないっていうことだわ。きっと彼らの出生の時から、これまでとは違った別な新しい時間が発生したんじゃないかしら。そう時々思うことがあるわ。敗戦は彼らが所有する時間の外側のものでしかないのよ」

慈父に語りかけながら、自らにも言い聞かせるように女教師は言っていた。

そんな娘の言葉をよそに、

「この国は滅んだんだよ。亡んだんだ……」

老人は呻くような声で、ひとり思い果てたように呟いていた。

〇

けだるい昼下がりの斜映をうけて、海はまばゆく揺れる群れた無数の魚の背鰭のような波にきらめいている。——

陽気につられてふらりと散歩に出た叔父に連れられて、夏になれば毎年のように海水浴にやってくる最寄りの海辺に昭二はいた。

「沖の方はアメリカの軍艦でいっぱいだったなあ。海の向こうはそれで真っ黒に見えたんだ。それくらい沢山の艦艇《ふね》が遠目から儂らのことを無言で脅しつけて、いつまでも動かなかった」

砂浜に腰を下ろして一服し、感慨深げに独り言ちた叔父は、額の上に手をかざして降りかかる日ざしを避けながら、目を細め遠くを見つめた。

東から張り出した半島と西に浮かんだ小島に挟まれた海と空との際目が、はるか遠くに白っぽく浮き上がったような線になって見える。沖合には季節にはまだ少し早い小型のヨットが、二つ三つ凪の中を退屈そうに波と戯れている。果てまで海は穏やかだ。

叔父はじっと沖を睨んだまま動かなかった。そして、何の異常も見当たらぬ海上をかえって不自然であるかのように、その凝視をいつまでも止めようとしなかった。

それまでも、またそれからも、街ではよく水兵たちの姿を見かけた。金色の髪をした背の高いすらりとした長い脚の西洋人たちだった。広がったズボンの裾が、大股で歩くたびにひらりひらりと翻るのが珍しく面白かった。きっと叔父の見た軍艦から上陸してきた連中にちがいないと、昭二はいつか勝手に決め込んでいた。

そのうち歩いて行く水兵たちの跡をつけ、その行先を見届けようという遊びが近所の子供たちの間で流行し、昭二たちの一味は探偵団の真似事のように、好奇心に駆られて仲間のみんなと尾行するのだった。ついてまわる異国の少年たちをどう思ったのか、時たま返し見ては立ち止まり、話しかけてくる水兵もいた。もとより言葉のわからぬ昭二たちにはどうすることもできず、互いに顔を見合わせては目を白黒させて戸惑ったものだった。そんな昭二たちに図らずも弱り果て、何れあきらめたように踵を返して歩き出す水兵を見て、再び昭二たちの追跡は続くのだった。

やがて着いたところには、見慣れぬ風光の海がひろがっていた。港だった。港には西端の最初の埠頭から波止場をひとつ挟んで、全部で八つの突堤があった。そのうちの中ほどの岸壁に、青ばんだ黒い船体を浮かべて鉄の船が碇泊していた。長いいくつもの砲身を空に突き出し、近隣を白昼公然と無言のまま威嚇している不敵なその姿は、勇ましくもあり又どこかしら無気味でもあった。何かしら言葉にならぬ黙示の威圧を昭二はその巨体に感じたのだ。

岸壁から本船に渡したタラップを歩いて船内に入った水兵の後を追って自分もそれを踏んでみ、どこか馴染めぬ不安定な足場を怖さ半分で渡って立った舷側の堅固で冷たい鉄の塊の上で、昭二はあの日叔父がふと洩らした、沖合いに集結した軍艦を見たように思った。その思いがけないささやかな心の惑乱を、昭二は以来忘れることが出来なかった。

その時のことを思いみるたびに、現実と幻を同時に見ているような、そしてその二つが何の違和もなく重なるような、一種名状し難い心地のうちに、何者かに繋がるゆえ知れぬ感覚の、ある確かなものの触知を味わいながら、目の前の生《なま》の現実にならより一層確かな手応えを感じることができる筈だと、どんなやり方であれ何事によらずそれこそ徹底してぶつかってもきたのだ。そしてその繰り返しのうちに、充溢する生の手応えを感じとろうと懸命だった。ところがそうすればするほど寧ろ逆に、いっそ現実と呼ばれているものの方が実は何の根拠も持たぬ幻で、一見幻に思えるものの方こそが真実の現実のように思われてきだしたのだ。そして、その理性に逆らった微妙な情念の中でこそ初めて自分は生きている、生かされているという不思議な実感を次第に感じだしたのだ。そこでは、自分が生まれ育った時間のうちに現実の中で起こった事柄はどことなく希薄で、何か架空な事象の連なりのように感じられさえしてくる。そして、それはそのまま自身の内に蠢く得体の知れぬ情操を包んで、その背後に何かが潜んでいるような朧な気配とともに、あの女教師だけではなく北村がおれたちにはないのだと常に口にしていた戦後も、もしかすればその中にあるのではないか、ただ何かに目隠しされて見えぬということではないのかという感情をやがて頻りに呼び起こしながら、これまで奇妙に錯綜したアポリアのような自身の内面をどうすることもできずにいたのだ。

○

ベッドに仰向けになったまま何も言わないでいる昭二に、

「どうかしたのか。このごろ」

たまりかねたのか北村は今度は咎めるような口調になった。

「まだつい最近まで二人でよく飛び回ったもんじゃないか」

言葉を継ぎながら、その頃を懐かしむように往時のことを話しだした。

「徹夜で毎晩遊び歩いたお前さんはどこへ行っちまったんだ。飲んで、反吐《もど》して、また飲んで……。それでも明くる日も出かけてはまた飲んだ。なるほど迎え酒ってやつは結構いけるもんだと言っていたのはお前さんの方だったよ。酒を飲むときのお前さんの雰囲気《ムード》がおれは好きでね。一緒にいていつも愉しかった。どちらからともなく誘い誘われしたもんだ。少々やりすぎて吐血したときでもお前さんは気丈で、胃の腑をアルコールで消毒してるんだと言って飲み続けていたのにさ。最初におれに女を教えたのもお前さんだった。その頃になっても女っ気だけはなかったおれに、その時分つき合っていた自分の女を充てがって、これで貴様も一人前だなどと笑っていたじゃないか。それも随分いい女で、それからはおかしな三角関係が当分続いたが、だからってどうってことなかった。むしろお前さんとおれとは女を通してより親しくなったくらいだった……」

放っておけばまだその先を続けそうな北村に、

「おれたちは誑かされているんじゃあるまいか」

謎でもかけるように、ふいと昭二が遮った。

「何を言うんだ、急に」

それまで黙って聞き役にまわっていた昭二の唐突な合いの手に面喰った北村は、眉間に皺を寄せて訝しげに昭二を見返した。

「これまでを振り返ってそう思うんだ」

考え深げに昭二は続けた。

「おれたちのやってきたことをか」

思いもよらぬ言葉を聞かされて幾分気色ばんだ北村は、

「おれたちはありのままの世間を、それが傍目にはどんなにいい加減で乱脈なものに映ろうと精一杯生きてきたし、そういう具合に生きることは何よりも自分に直截で真摯な生き方でもあり、それはそのまま自らに課した生きた人生に対する課外学習でもあったはずだ。教室で教わることや教科書に書かれてあることよりも生きた現実や社会の方を、現にそこにそうしてあるというだけでごまかしのきかぬより真実なものとして受けとめて、おれたちは直にそれにぶつかることで学んできたんじゃないか」

胸の中につかえていたものを吐き出すように言った。

「そりゃおれも知ってはいるぜ。世の大人連中が戦争を知らないっていうだけでおれたちのことを何か余計者扱いにし、どこか出来損ないの程度の悪い特殊な輩《やから》のように思っているのはな。そして、奴等がおれたちの関わってきた現実を忌まわしそうに戦後と呼んでいるのはお前さんも知っての通りだ。いかさま大きにおれたちはそんなところを這いずり回ってきたには違いないんだろうが、だがそれは連中が口にすることだ。そいつはおれたちにしてみれば戦後でも何でもありはしなかった。おれたちにはただあるがままの社会環境があっただけだ。そしてそれは今も変わってやしない。何をするにせよそういう周囲と関係することしかできはしなかったんだ。半可な奴等がどんなにおれたちを中傷しようとそいつは知ったことじゃない。おれは自身こんな状況を望んだわけじゃないんだからな。そして、それはおれたちの求め願っているものとは違っていたんだ。そうだろう。おれもおれなりに探しはしたのさ。お前さんもおれも、それが何かを上手《うま》く一言では言えないにしても、そいつは今のこの社会のどこにもなかったということだけは確かだ。少なくともおれたちが這いずり回ってきた限りでは。そんな社会を一体誰が拵え上げたんだ。おれたちじゃない。そんな現実の種々相は、お前さんともこれまで何度かやり合いもしたさ。そうしておれにわかったことは、結局おれたちが今居る場所は過去の歴史のつながりから眺めれば、真空状態の地点なんだってことをあらためて知り直したというようなことだった。他の連中が何をやらかそうと、この状態の中でたまたまおれたちのやってきたことが、世人からは顰蹙を買うのかも知れぬある種無頼な逸楽だとしても、大して変わりはないのさ。現実は一つなんだ。おれだってそろそろ今のような放埒からは卒業しようと思ってるが、何を新たにやり始めることになるにせよ、それは本質的にはこれまでのものと特別異なったものじゃないはずだ。これまでの総仕上げに、この夏はひとつ華々しく打ち上げようと思ってるところさ。何も今まで懸命に打ち込んできたものを否定する謂れはないし、たとえまだこれから先もどれくらいの間かそれが続くとしても、気後れすることもないさ」

今の自分だけではなしに、これまでの己をも確かめているような言い様だった。そして駄目を押すように付け加えたのだ。

「おれたちの世代の人間にもし戦後というものがあるって言うのなら、それはマリーのような女たちにだけ、それも過去とつながったものとしてじゃなく、忽然と出来した変成岩石か何かのように奇異なものとしてあるだけさ」

北村は、言われて黙ったまま口を噤んでいる昭二を見ながら、

「そんなことはお前さんの方がよく知っているはずじゃないか」

さらに追い討ちをかけた。

昭二は己が手にしてきた時間の流れの中で、ふと知り合ったその女のことをあらためて思い直した。

○

まだ北村との遊行に余念のなかったさなか、それまで一つきりしかなかった街のダンスホールに加えて、派手な宣伝文句《キャッチコピー》でその夏きらびやかに新規開店した別の館《やかた》の、客寄せのために入れた生バンドが連日人気を呼んでいるとかねて小耳に挟んでいた昭二が、夏休みの前半を遊学と称して渡米していた北村の帰

国するのを待って、その再会祝いに二人で出かけた時のことだった。

厚い防音扉を開けて入った仄暗い密室には、威勢のいい音楽にのってどこからか放射された色とりどりの光の束が、おかしな絵模様をつくって壁や天井に浮かび上がり、そこら中を廻っていた。新しく出来ただけあって、競合する既存の店よりは何かと趣向を凝らしているようだった。呼び物のバンドも正面奥のカウンターバーの横にしつらえられた舞台《ステージ》の上で熱演していた。

まだ夕方ともいえぬ時刻だったが、見たところ席はほとんどふさがっていた。ホールでは思い思いの服装《なり》をした踊り手たちが、ある者は手拍子を打ち、ある者は足を鳴らしながら、また長い髪をふり乱して形の定まらぬ激しい舞踏に興じている。何も今更珍しい見物でもなかったが、その中に大胆で奔放な弾けるような身体の動きをした女の姿が目に立ったのだ。脇に立って店内を見渡しながら、それとない仕種でフロアの様子を窺っている支配人らしい男に、席待ちの間の手持ち無沙汰で昭二はその女のことを何とはなしに聞いてみた。

「さあ。よくお見えになってらっしゃるようですが、どこのどなたかは……」

客向けの、殊更めいた慇懃さで男が答える端から、

「よその店の踊り子じゃないの。それとも、どこかあの手の二流のモデルってとこだよ」

北村が口を挟んだ。

ちょうどその時、先刻空席を探しに行っていた給仕係《ウェイター》が戻り、どうやら見つかったらしいテーブルに相席であることを詫びながら、二人を案内して聞き書きを取って行った。

北村は席に着くのもそこそこに、はやホールに出て敲きつけるような強い拍子《ビート》に合わせて自らも足で調子をとりながら同時に首を振り、音響《サウンド》に痴れるよ

うに目を閉じて陶酔しだした。昭二はホールに群れたほぼ同じ年頃の若い男女のことを思いながら、やがて運ばれてきた水割りを口にして、休みなく動きまわる踊り手たちの規則も秩序もない四肢の運動をあらためて眺め直した。曲が鳴り止むたびに、それまで好き好きにステップを踏んでいた客たちの動作がかりそめながら体に合わせるリズムを失い、不意に何ものかに見放されて漂うように突如緩慢なものに変わる。時ならず覚まされた酔いに我に返り、取り戻したはずの自分に寸刻かえってどぎまぎするような間のわるさを、客の一人一人が持て余してでもいるようなその場の雰囲気は、自らをどこかで赚《すか》しているような何かがあった。マイクの前に立った司会者は、次に仕掛けられる曲目を特有の調子をつけて紹介し、やがて鳴り出したアンプで増幅された音の炸裂に客たちは入れかわり立ちかわりしながら、ホールに充満していたいくつもの小さなガスの固まりがやっと火を見つけて引火し、爆発でも起こすように再び銘々の踊りを踊り始めた。濃く暗い青色《ブルー》に切りかわった照明をうけて、彼らは音楽が好き、踊りが好きというよりもそれらを口実にして男は女を、女は男を釣り上げるそれぞれが漁師であり、水のない性愛の水槽の中を跳ねるように泳ぎ回っている不思議な魚類のようだった。

数曲続いた激しいリズムから一転して曲はスローになった。同時に場内を目まぐるしく駆け巡っていた光の照射がずっとおとなしいものに変わった。それが潮だった。相席になったテーブルに先客が戻ってきた。一人が昭二の横に座り、足元がわるかったのか、もう一人は椅子を引いた拍子に何かに躓くように少しよろけて昭二の斜向かいに腰を下ろした。自分にぶつかるようにして隣に座った女を見て、一瞬北村の目が光った。それは、先ほど店の入口近くで空席待ちをしていた昭二が支配人にそれとなく尋ねた女だった。北村は何やら得意そうな微笑を浮かべて、待ち構えていたように透かさず話しかけた。

「Excuse me. May I ?」

わるくない発音だった。ところが昭二の隣にいた連れの女が、それを聞いてだしぬけに大きな声をたてて哄笑《わら》ったのだ。呆気にとられて二の句の継げぬ北村に、蓮っ葉な感じのその女が窘めるように言った。

「まあ、無理ないけどね」

そんなことには慣れているのか当の女はさして気にかける様子もなく、銜えた煙草に火を点《つ》けようと手提げ《ハンドバッグ》の中にライターを手探っている。北村の失策を償うように、昭二は持っていた自分のそれを素早く女の前に差し出し、火を点《とも》してみせた。小さなガスの火の棒に、揺れて照らされた化粧気のない彫りの深い顔の全体にはどこか陰があった。女は少しためらい、昭二の目をのぞき込むように見つめては、それでも首を傾げて点された炎で火をつけ、一息深く吸って吐き、

「あんたもどう」

言ってシガレットケースの中の一本をぶっきらぼうに昭二にすすめた。それは昭二がいつも嗜むものよりも幾分長めの西洋煙草だった。北村でなくとも英語で話しかけたくなるのも無理はないほど日本人離れした目鼻立ちの女が、日本語を喋っていた。

「よく来るの」

聞いた昭二には答えずに、女は満更でもなさそうに煙草をふかした。入口でその踊りに見惚れていた昭二が、

「達者なもんだな」

ほめてみせると、

「おだてても駄目だよ」

隣の女が余計な嘴をはさんで話の腰を折った。北村は最前《さっき》の事できまりわる

そうに黙っている。そのままうまい話の糸口も見つからず、座は白けていた。その場の心持《ムード》からすれば話はこわれたも同然だった。それでもこれまでとは毛色の違った女に湧いた興味に、このまま行き別れに終わるのが何か残り惜しい気持ちになった昭二が気を取り直すように、

「踊らない」

悪怯れず女をホールへ誘うと、

「いいわよ」

案外にあっさりと女は席を立ったのだ。

踊りながら昭二は女の素性をそれとなく探ってみたが、女は曖昧な微笑を浮かべるだけだった。女もまた何くれとなく昭二という男の正体を見定めようと、さりげなく何かを嗅いでいたのだ。

女と一踊りして休憩に戻ってきた昭二に、

「もう行かなくちゃならないらしいぜ」

時計を見ながら時間を気にしている連れの女の方を見やって告げた北村に、

「おれたちも出ないか」

そのまま昭二は言って促し、四人は連れだって店を出たのだ。

軟禁されでもしていたような館内の薄暗い隔離場から出てきた屋外は異様に明るく、風のない繁華街はまだ弱まりをみせぬ夏の日かげとアスファルトに照り返された日の熱で、蒸せるような暑さだった。通りを行き交う人々の所作は拍子外れの、どこか遅々とした不活性《イナニメ》なものに見えた。かしがましい楽音に馴らされた耳に、渋滞をおこした道路に苛立って鳴らしている車の警笛《クラクション》の音や市中のざわめきが、淀んだ時間の中でどこか遠い所からのもののように聞こえた。

「もっとゆっくりしたいな」

あらためて持ちかけた昭二に、女の目が微笑ってすぐに翳った。そして、

「これから仕事よ」

仕方なさそうに言った。

「乗らないのか」

車をとりに行っていた北村が運転席の窓から顔を出して、路上に佇んで女と話している昭二を呼んだ。その時だった。北村の方をちらり見、合図を送って別れて行こうとする昭二の腕をつかんでひきとめ、女はバッグの中から取り出した紙片《カード》を昭二のオープンシャツの胸ポケットにいきなり突っ込んだのだ。

車の中で取り出してみたその紙片《カード》には、〈BAR SHADY LADY〉とあり、真ん中にやや大きめの字で〈Marie〉と印刷されていた。下の方には小さな文字で、店の住所と電話番号が同じようにローマ字まじりで刷られている。

「何を見てるんだ」

車を運転しながらそれを気にして聞いた北村に、

「あの女、踊り子じゃないぜ。モデルというのも当たってないよ」

――『SHADY《シェイディ》……』『Marie《マリー》――』……心の中でそう呟きながら、昭二は言った。

〈SHADY《シェイディ》〉はM町本通商店街から外れた南の小路にいくつかある外人酒場《バー》の一つだった。かつて何度か単にその前を通りかかったというだけのことだったが、その界隈のことは大体想像がついた。表《おもて》に書かれた店の名も、日本の文字を使っているところはどこにもなかった。その辺りにさしかかれば日本人であるはずの自分が、なぜか決まって他国人に感じられる倒錯した感覚を味わったものだった。夕方近くになると、泥でもかぶったような艶のない金茶色に染め上げた髪をした小肥りの年増女が、店の前を銜え煙草で掃除しているところに出会ったりすることもあった。それなりの興味もあり、まったく知らぬという場所でもないのに、大学へ上がって学業に遊び、休みに入るとアルバイトとそれ相応に隙間のなかった学生生活を、北村と二人で先ず手始めに飲み屋を一軒づつ卒業するまでに何軒飲み歩けるか、暇をみつけては所かまわず入り込みながら、その種の店だけはまだ一度も入ったことがないのが考えてみればいかにも不思議だった。ホールでは何気ないそぶりで観察しながら、それでも別れ際に店の名刺をくれた女の心を忖度しつつ、日本人には冷淡そうなその世界にいくらかの逡巡を感じはしても、この機会を逃す理由も見つからなかった。

昭二は北村に電話を入れてみた。

「おれは止すよ」

北村は存外簡単に言った。

「どうしてだ」

肩すかしを喰らって尋ねた昭二に、

「久しぶりに帰って来た日本で今更っていうことかな」

妙にさばさばした口調だった。

「無理しなさんなよ。流暢な英語で口説きかけていたんじゃないの」

痛いところを衝いてみせると、

「あれは一時の戯れというやつでね。お前さんにも本場仕込みの英会話を聞かせてやろうと思ったまでだよ」

うまく辻褄を合わせたような答を返した。

「じゃそういうことにしといてやるよ。後でどうこう言ってきたって知らないぜ」

「馬鹿言え。むこうの女は乳と尻が歩いてるようなもんだ。おれはうんざりするほど現地で堪能させてもらったんだ」

「そうだったな。アメリカでの体験的遊学とやらをもう一度じっくりと聞かせてもらわなくっちゃな」

「いつでもどうぞ」

お道化たように北村は言い、

「ご成功を祈ってるよ」

意味ありげにそう続けて、受話器の向こうで笑った。

電話を切ってから、昭二は〈SHADY《シェイディ》〉のある付近の情景をもう一度想い浮かべてみた。そしてそんな所で働いている女のことを思った。見目も殊更わるくはなく、他人《ひと》から何を咎められるような女にも思えない。探せば他にもっと適当な働き口がありそうなものだった。


店は二つ目の筋のやや北寄りにあった。

周辺の空気は昼間とはまるで違っていた。そして、それは他の歓楽街のものともまた異なった一種独特な趣だった。灯の入った其処此処のネオンサインは、その殆どがどこか下卑ていて、嫌らしく毒々しくさえあった。数軒向こうのメリケン酒場から出てきたらしい二人連れの外人が、薄暗がりの露地の一方の隅で何か口論していた。近くに日本人の姿はなかった。

昭二はあたりを見回しながらドアを開けた。

店の中は異様に物静かだった。奇しげな緑色のランプの灯に染められた店内に客はなかった。ジャズの音楽が退屈そうに流れているだけだった。更年期半ばの太りじしの女が、厚い化粧の顔を向けてカウンターの奥からさぐるように昭二を見た。その傍らのもう一人のやや若い女給は、場違いの来客をないがしろにしたまま、無神経にぶしつけな視線を浴びせた。Marie《マリー》の姿はなかった。あの時の連れの女も見当たらなかった。騙されたような気になって、腰を下ろした止まり木に落ち着けぬまま、奥のマダムらしい女にそれと尋ねようとした時、外から煙草のカートンを抱えて別の女給が戻ってきたのだ。昭二がその見

覚えのない面《おも》をやり過ごしたところを、女はカウンターの中に入りマダムに釣り銭を渡して、

「ウェルカム」

昭二に声をかけた。Marie《マリー》だった。ダンスホールで見た時とはまるで別人の女がそこにいた。べったりと口紅を塗りつけ、おそろしいくらい長いつけ睫毛をしていた。髪型も違っていた。濃すぎる化粧がけばけばしかった。

「来てくれたのね。嬉しいわ。此間《こないだ》は楽しかった」

マリーは周りを憚る様子もなく、言って慣れた手付きで昭二のグラスにビールを注いだ。マダムは二人の方を胡乱な目付きでながめていた。

それからも何度かマリーの店に足を運び、逢瀬も重ねてそのうちに親密にもなったある日のことだった。

店に電話し、休んでいると聞いて昭二はその安アパートにマリーを訪ねたの

だ。

粗末な絨毯の上に敷いたマットレスにマリーは横たわっていた。小さな円卓《テーブル》の上に薬罐《ケトル》と空になったコップがあった。

「わるかったかな」

言った昭二に、青白い顔に無理してつくった微笑みは精気がなかった。

「どれくらい飲んだんだ」

「一本ほどよ」

「じゃ今日は静養してろよ」

これまで何度か家まで送った際にも上がり込んだマリーの部屋は、女の住まいにしては殺風景な部屋だった、整理箪笥の上には写真立てに入れられた写真が二枚、双べて飾られていた。左側のは少し色が褪せている。嬰児を抱いた軍服姿の外人と、その側《そば》に添うようにして並んだ日本の女が、港を背景にして写っていた。もう一枚はその女の後年の肖像写真だった。それはマリーの両親に違いなかった。

「お父さんやお母さんはどうしてるんだ」

昭二はそれまでマリーの身の上についてあえて尋ねてみることはしなかった。その暮らしぶりからおよそのことは想像できたからだった。けれどもこの時ばかりは目の前で弱々しく身体を横たえたマリーの姿を見て、自然とそのことが口をついて出た。

寝床の中で目を閉じたまま、マリーはしばらく何かを考えるように沈黙していた。それでも、

「喋りたくなきゃ押して聞かないけどさ」

昭二に言われると、

「あんたはいい人だわ」

自らを得心させるように口に出し、その場で頼りなげに続けた。

「父《パパ》は亡くなったのよ、きっと。あたしの小さい時分に。母《マミィ》が言ってたわ。その頃何でも戦争があって、その時死んだらしいって。あたし何も覚えていない……」

力のない声だった。

「それでもどこかで生きてるような気がしてならないけど」

「お母さんは……」

写真を見ながら重ねて尋ねかけた昭二に、天井をじっと見つめて、

「あんたなんか幸せね」

ぽつんと呟き、これまでひとりで胸の奥にしまい込み、誰に打ち明けることもなくきた自分の過去を、時々自身で確かめるように頷きながら、マリーはどうにか昭二に話したのだ。

「あたし、中学校を卒《で》ると働かなければならなかったのよ。でも、父親のいない酒場《バー》の女給を母親に持つ中卒見込みの混血娘の就職を、快く引き受けてくれるところはどこにもなかった。卒業式が近づいても事情は変わらなかった。今から考えれば言わなきゃよかったんだって思うけど、その時はどうしても言わないではいられなかったのね。決まりそうにない勤め先、見捨てられているような気持ち、それにもう会うことはないんだっていうおかしな焦りもあったのかしら……。多分すがれる何かが欲しかったのよ。平生好意を寄せていた組《クラス》の男の子に言ったのよ、好きなんだって。でもその子の言葉は意外だったわ。アイノコなんか嫌いだ、蔑むようにそう言ったんだ。それまでじっと堪え続けていたものが、たちまち意味のない空虚なもののように感じられて、あたし打ちのめされた。それですべてが決まったって感じだったわ。あたし見たことがあったの。今でもよく覚えてるわ。若い女の鉄道自殺。それは不吉な出来事よ。

突進してくる列車に吸い込まれるようにして投げられた体に、冷たくて重そうな鉄の箱が容赦なくぶつかり、女の身体を巻き込み、その分厚くて鋭い刃物と化した車輪で温《ぬく》もりのある血と肉は切り刻まれて、粘りのある液体で枕木は汚れてた。目撃者は目にした変事に驚いて騒ぎ出し、通行人は野次馬のように集まってくる。踏切番は事故を警察に報せ、やがてパトカーが駆けつけてきたわ。無惨に引きちぎられた死体は、肉塊や肉片となって、何の値打ちもない襤褸《ぼろ》か屑のように線路上から沿線の民家の近くにまで飛び散っている。……その女の真っ赤な服が、あたしの心の片隅に鮮やかに残っていたの。あたし一部始終見物していた。その時すでに予感していたのかもしれないわ。何故そんな傷ましいことになるのかわからなかった自分が、その時同じ事をひとりでに考えていたのね。放課後、家に帰る気力もなく、何処といった当ても見つからずに、あちこちを何かを求めてぼんやりと彷徨っているみたいだった。突然胸のあたりに軽く触れるものを感じて、見るといつも学校の往き復りに通る家の近くの踏切の遮断機だった。あたし、その時急になぜかしらたまらなく悲しくなったのよ。遠くから車輪の音が聞こえてくるような気がしたわ。電車は迫ってきていた。ためらいはなかったわ。そのままあたし身を投げたの。確かに電車の前に飛び込んだはずなのに、気がつけば列車は走り去って、線路際に蹲った自分がいたわ。何か取り残されたような虚脱感で茫然として涙も出なかった。日はすでに落ちて、残照っていうのかしら、暮れていこうとしている空を幽かに照らして紫色に染めているのがこの世の終わりを思わせるほど美しかった。放心したままバラックのようなアパートに帰って、明かりといえばベニヤ板を張った天井の真ん中からぶら下がった裸電球ひとつあるだけの陰気な部屋の中で、それを点けようともせず力なく横たわったんだわ。外人相手の酒場に働きに出て留守の母親と二人きりの、僅かばかりの所帯道具を置いた部屋の中が侘しかった。その時、はじめて涙が溢れ出してきたの。寝返りをうつように動かした体に物が触れて、手探りしたらそれはラジオだった。スイッチを入れると語りかけるような優しい声が聞こえてきたわ。広く名の知れた人のディスクジョッキーで、自分が今日に到るまでに重ねてきた屈辱や挫折について、まるであたしを労わるようにその声は囁いていた。知らず識らずその生い立ちに聞き入っているうちに、次第にあたしの中に新しい力が盈《み》ちてきたの。それからは毎日のように新聞の求人欄を見たりして勤め口を探したわ。心当たりは直接訪ねて話してもみたんだけど、履歴書を見ただけで応対に出た人の表情が曇るのがわかったわ。家柄も学歴も特技も、売り物にするものなんてあたしには何もない、もうどこでもいい、とにかく何とかしなければ……そう思って日給制の喫茶ガールになることに決めたのよ。でも長くは続かなかった。厭なことがあったわ。お客さんにも随分なこと言われた。それでも同じような店を転々とするしかなかった。二年間で五度店を替えたわ。そんな時、母《マミィ》が身体を悪くして亡くなったんだ。あたし、全くのひとりぼっちになった自分を感じた。それでもたった一つなくはない望みは父《パパ》だった。それで母《マミィ》が働いていた酒場なら何か手懸かりがつかめるかもしれないなんて思って、マダムに母《マミィ》の代わりに雇ってもらうように頼んだのよ。マダムは喜んでＯＫしてくれたわ。〈SHADY《ジェイディ》〉に来てもう三年よ。——」

マリーの目には大粒の涙がたまっていた。

○

『おれはそのことに心を悼《いた》めてもきたのだ』

今さらのように思い返しながら、昭二はしたり顔で言ってのけた北村の心中もわからぬではなかった。

「つまり、おれも貴様もおれたちを取り巻いている状況を相手に、生きていることを実感するために、およそ何事であれそれなりに打ち込んできたっていうことさ」

ベッドからゆっくりと身を起こしながら、昭二はおもむろに口を開いた。

「夜遊びもそのうちの一つだったのは間違いないがな」

北村は頷いていた。

「貴様の言うように、妙なぐあいに嵌め込まれた現実に絡んで、よろずやれることをやってきたという訳だ。その辺の半端な大人が舌を巻くくらいのことはな。しかしまた、そんな風にしておれたちはおれたち自身の存在と感受性を試してもいたのだ。そして事に徹するにしたがってわかってきたんだが、貴様の言うようなことは表面的には間違っていないにしても、おれの中のもっと深いところで静かな寝息をたてながら、暗流のように無言のまま呼吸している生の息づかいがあるのに気がついたのさ。そして貴様の言ったこととそれとの間には何かずれのようなものを感じて仕方がなくなったんだ。おれにしたところが徹底して課外学習をしでもしなければ、ということはつまり、今ある状況に向き合い、良い意味にしろ悪い意味にしろ漬かりきるってことがなければ、そのことに決して勘づくことなく過ぎたことだったのかもしれない。皮肉なことだが、貴様と二人で、おれたちが招来したわけではない現状を抱きしめて、遊楽に三昧すればするほどそいつがより強く感じられてきたのだ」

一息おいて昭二は続けた。

「それ以前にはなかった社会であるという意味においては紛れもない戦後社会でありながら、貴様の思っているように新憲法の下、アメリカの占領支配によって構築された機構や制度・組織の中に、根本的な民族意識を欠いたまま投げ入れられた社会なら、貴様流に言えばおれたちにとっては空しい言葉でしかないそれが、そう呼ばれているにすぎず、おれたちには言葉の本当の意味での戦後はないのに、この枠組から逃れることができず、その中に封じ込められてきたには違いない。それは何故かっていうと、この時代に生きるということは事実としての戦後社会に生きるということに他ならぬからだ。つまりおれたちは内的実体を欠いた戦後社会に漬かることを否も応もなく強制されてきたということになる。無論それは誰の意志でなのかはっきりしたことは知りはしないがな。そして、それでいいかどうかは難しい問題さ。だがしかし、畢竟それはまぼろしだったたっていうことさ。三昧してきたおかげでというのも変だが、おれにはそいつがわかったんだ。貴様の言うようにマリーとおれたちとは同じじゃない。だがな、その同じじゃないってことそのことがおれたちにとってはまさに戦後なんだってことだ。それが敗戦というものの正体だったのさ。それはおれたちの世代に共通の経験だったはずだ。それがどうしてかおれたちの世代は等閑にしてきた。いや、本当はなおざりにでもするより外仕方なくされてきたんだが、いずれにしたところで結果的には同じことさ。そしてそのことこそ敗戦というものの測り難い力であり、それにまとわりついて始まった戦後という複雑怪奇な化け物の姿なんだよ。その中でいくら力んで生きてみようが、そういういわば外の世界にかかわっては生きているって感じがさらにしないのも、そこいらにどうやら問題がありそうなのさ。戦後はあるぜ、おれたちにも。おれたちの内側に確かに。そこから見ると所謂戦後社会、またそいつを基礎づけている様々な要素という訳のわかったような一見もっともらしいやつこそが、確かなようでいて実はとんでもない曲者かも知れない。それが戦後というやつのからくりだ。おれたちの心の中は自由なものさ。その中を何を強制されることもないし、縛られることもないんだ」

当惑したような表情をしてみせた北村に、昭二はかまわず続けた。

「自分というのは無数に累乗された血脈だってことを覚えることだよ。その中に貴様が今、自分自身を己と思っている何が見つかるっていうんだ。自分なんてものは実は何もありはしないんだ。その何もない自分こそが貴様自身であり、おれ自身なんだ。おれだって貴様とどこがどう異なるって男じゃない。しかしおれは今確かに戦後にいると感じている。それは自分にとってありもしなかったこと、自分の身には起こらなかったことを追体験するということじゃない。戦後は確かなものとしておれたちにもあるのだ。戦争を知らぬおれたちにも。なければむしろこう言えるな、おれたちの存在自体が架空のものだと。そうでなければおれたちは存在していないと。もし貴様がそうなら、そんな貴様が、おれは自分の人生を体を張って生きるんだといくら強弁してみたところで生きていることにはなるまい。貴様は何かにはぐらかされて死んでしまっている自分を生きていると思い込むことによって生きていると狂信しているにすぎないってことになる。何も肉体だけが死ぬわけじゃない。精神だって死ぬんだ、魂だってな」

昭二は北村に向かって説きながら、敗戦によって自分たちが生まれながらに被っている魂の裂傷の深さを覚り直さないではいられなかった。そしてあの日、両親のことを尋ねた昭二に「あんたなんか幸せね」そうぽつりと言ったマリーのことを思った。その声は自己の二親《ふたおや》に対する怨嗟のように聞こえたが、同じ時代に自分のような過去を背負わずに生まれることのできた昭二たちのことを羨んでもいる声だった。それは北村の言葉と合わせ考えれば、昭二たちには戦後はないということへの羨望になるのかもしれぬ。マリーのような女にしてみれば、それはごく当然な心情にちがいない。だが昭二は思うのだ、マリーのような女がいるという事実に苦しめられながらも、おそらくは他の誰彼にしてみれば言葉だけの、空しい、それは反響とすら映らぬまま、飽満した腹を抱えてこの現状を無意識裡に容認し、その中にただどっぷりと漬かりきってしまっていることが、はたして幸せなことなのかと。むしろそれは限りなく不幸なことではないのか。戦争に敗れるとはまさにそういうことだったのだとしたら猶更に……。昭二はそこに何か妙な居心地を感じつつ、尚ついこの間まで自分もまたその中に閉じ込められていた解し難い時間の中に、その頃はまだどうすることもかなわぬまま、独りぶらりと市の遊園地を横切りながら彷徨していた自分を想った。

○

そこは恋人たちの戯れあっている場所だった。

途中、季節の花を図案化してあしらった古代の塚のような大時計があった。鋼色をした大きな金属製の二本の針が、文字盤の下の方で後二、三分で重なろうとしている。昭二は大時計の前の休息用の長椅子《ベンチ》に腰を下ろして、針の動きをひと時見つめていた。短針に長針が重なり、針が一本にしか見えなくなった時、それまで刻まれてきた時間は、その二つの針の間に挟まれて消え失せてしまったようだった。赤い色をした秒針の棒が、音もなくただ単調にモザイク風の花の文字盤の上を滑るように動いている。

どれほど歩くと間道に出た。両脇に造園された木立ちの中に設けられた泉水が、人が通るたびに水を噴き上げては涸れた。突然噴き出す水の音にそれぞれ人は驚き、振り返っては今両横に上がった細い水柱をさがし、その仕掛けを探っている。

煉瓦の敷きつめられた遊歩道がしばらく続き、それが途切れたところが中央に大噴水のある広場だった。そこは周囲の一部が弓なり状に弧を描いて、数段のテラスになった吹き抜きの劇場を想わせた。正面にある一服用の座席も、所々に設けられた共同長椅子もすでに若い恋人たちによって占められていた。あちこちの植え込みの中やら芝生の上にも何組もの男女が入り込み、腰を下ろしている。どこから集まって来るのか、そこでちょっとした催物でもあるような人の数だった。もう終わろうとしている蒸し暑い夏の宵に、最後の何かを期待していくつもの番《つが》いはそれぞれの時を楽しんでいる。脚を伸ばした女の膝の上に後頭部を乗せ、今しがた日の落ちてどうやら夜闇に変わった空を眺めている男や、その少し奥の方でボール遊びに興じている二人もいた。鉄柵の上に腰を落として何かしんみりと語り合っている恋人同士……。彼らには別段自分たち二人以外には興味のある話題はなさそうだった。その誰もみな、灯された水銀灯の光にあてられて、自覚症状を奪われた貧血病患者のような蒼白い顔色をしていた。

目の前の大噴水は数十本の太い水柱を吹き上げては、休みなく円形の人工の池に滝のような音をたてて落下している。水中に仕掛けられた照明装置の働きで、青緑赤と一定の時間的隔たりをおいてそれは三色に色を染めた。極光《オーロラ》の興趣を醸し出そうとするようなその風物は、しかし子供だましの退屈でつまらぬ俗悪な変化の繰り返しでしかなかった。

吹き上がっては滾り落ちる水柱がつくる白く厚い壁を越して、その向こうには立体架設された高速道路の桁が見えた。専用の自動車道路に大きな竹とんぼの羽のようなオレンジ色の行路灯が、宙に浮かんだ奇態な提灯のように東西に連なっている。すぐ横の目抜き通りの向こうに峙ったホテルの屋上には、異星から降り立った宇宙船のような展望台が、回転を止めた独楽《こま》のように乗っている。その展望室の透明の窓ガラスを通して、時折のぞく室内を動く黒い人影が、異しくゆらめく部屋の灯に煽られて、何かで萎縮してしまった侏儒のように浮かび上がっては遠のいた。そのホテルの真下を右左に走る車道を渡って見えた臨港鉄道の線路を越えて、そのまま今少し南へ下れば、潮の香りとともに海がもうそこまで迫っている。愛を囁き、恋を貪り合う若い男女《カップル》には恰好の書割が地帯のように続いていた。

この辺りは、というより市全体が戦争末期に激しい空襲をうけ、繰り返された焼夷弾攻撃によってすっかり破壊されて、茫漠とした一面瓦礫だらけの焼け野が原であったはずだった。昭二はいつか見た戦災に関する記録写真を思い浮かべながら、どうなすところも知らずその場に立ち尽くした。悉く灰燼と化している中に、焼け残った建物がぽつねんと一つ二つある様をとらえた写真は、そのことのためにかえって四囲の凄惨さをいっそう際立たせて忍びなかった。方々に散乱して転がった焼死体をひとつところに集めでもしたのか、路傍には何人もの亡骸が列んでいる。痴呆のように口を開けたままの遺体は、焔と煙に包まれて窒息しかかった者が新鮮な空気を求めているように見える。仰向けに倒れ、何かに縋りつこうとでもするように伸べられた片方の手が、そのままなす術もなく空《くう》をつかんだまま身体は硬直してしまっている。黒焦げになった子供の死骸がその上に折り重なっている。人の形をしてはいるが、どれもみな最早黒い異形の消し炭でしかなかった。事切れていきつつなお抵抗し、必死に望みを繋ごうとしながら、その果たしえぬことを否応なく覚らされた者たちの無念の表情、というよりも翻弄された姿が、痛々しいかたちとなって凝固したようにそこにあった。ついその前まで賑々しく軒を連ねていた町並みは、索漠とした空間に変わってしまったのだ。物の焼けた臭い、死体を焦がす異臭が写真を見ているだけでも鼻孔をついてきそうな光景だった。

それは確かに一人一人の内奥にありながら、何によってか妨げられて一見剝落しているとしか映らぬのがおれたちの戦後なのだ。たとえそれが今現在どんなに表面的に幸せに見えても、それは不幸な幸せでしかないのだ。否、何という堪らぬ幸福の中の不幸なのだ。溶暗ではない戦後の溶明の中にこそ、かえって掻き消されたものが、そして今もなお掻き消されつつあるものが、そうとは感じられず、また感じさせようともせぬまま人々の魂を巧妙に蝕みつつ、なおその速度をいや増しながらどんどん進行しているのだ。昭二は、今いる自分たちの奇妙で複雑な時空の中で生起していることどもを、苦い気持ちで噛みしめた。

○

今の自分の心の内部を明かすように語ってみせた昭二に、

「お前さんが戦後はあるっていうのなら、それはそれでいいや。だがみんなにはそいつはどうだかな。頭の中には金銭《かね》と色欲《いろよく》のことしかありもせず、うつつを呆けているそこいらの連中をよく見るがいいんだ。お前さんの言うような戦後は、その欠片《かけら》かんつうもないってことが嫌でもわかるはずだがな」

北村は退屈な説教でも聞いていたように言い、さらに挑むように問い質した。

「それで、おれたちは一体何に誑かされているっていうんだ」

昭二は北村を睨むように見据えながら、

「つまりは自分にさ」

少ししてから確信にみちた声で言い放った。

「おれも今日はあきらめたよ」

それ以上話してみても仕方がないと思ったのか、やがて北村はやおらそう言い、

「だが今度はマリーに会ってやれよ。近頃はとんと御無沙汰してるらしいじゃないか。淋しがってたぜ。今日やって来たのはそのこともあったんだ」

思い出したように言った。

抱けば決まって何故か一つになれぬものを感じだしてから、このところ昭二はマリーから遠ざかっていたのだ。だが、ただそれだけのことだった。何かで

そのことを知ったらしい北村の先走ったそのとりなしを、昭二は何となく疎ましく思いながら、

「たのまれたのか」

軽くなじるように言った。

「別に。——おれの一存でね。話は聞いたがたのまれちゃいないよ。それより何より、あの女、頼りにできるのはお前さんぐらいなんだぜ。そこのところを考えているとね」

北村は殊勝なことを言い出した。

「おれが頼り……」

昭二は低声に呟いた。マリーの顔が浮かんで消えた。

「日時はおれが調整してやるよ。場所は〈チェリー〉ということでさ」

北村は昭二の顔色でその気持ちを推し量りながら一方的に決めている。昭二

は会ってどうしようという積りはさらになかった。

「いいんだろ」

黙っている昭二に北村が念を押すように言った。昭二は北村の言うにまかせた。

「じゃあ、帰るよ」

昭二の暗黙の了解を取り付けて、北村はほどなく腰を上げた。そして、

「なあ、津山。こんな世の中でおれはせめて自分が生きているっていう証だけはつかんでいたいだけさ。でないと生きているのか死んでいるのかはっきりしたことがわからずに不安になってくる。お前さんがどう言おうと、享楽のうちにも生きているという実感はあるからな。おれは時として思うことがあるんだ。おれたちには、もうそんなところにしかしっかりとした手応えを返してくるものはなくなってしまったんじゃないかってな。あの蒲田だってそうだったんだ。

あの男にとってはあれが享楽だったのさ。人それぞれにそのとらえ方は色々あるってことだよ」

別れしなに昭二の家の前でひとくさりそう言って車に乗り、つとそれを聞き流すことの出来なかった昭二が、『待てよ』と言って呼び止めようとしたはなを、

「他の奴等にはどう思われたってかまやしない。だが、おれはお前さんにだけはそんな自分をわかっていてもらいたいんだ。昔の津山昭二に戻ってもう一度二人で盛り場を遊びまわれる日が来ることを、おれは後日の楽しみにとっておくよ」

そう言い捨てて車を出した。

昭二は戻った自室で、似たような生き様をして逆説的にしかその生を生きえなかった蒲田のことを思った。北村に向かって叫ばずにはいられない何かが

あった。

その都度企てられる自己の反復のうちに、その可能性を信じながらいつの間にか行いあぐみ、不覚にもその回生を果たせぬまま逝った蒲田の鮮烈すぎる残像は、昭二の脳裏にまだ消えることなくその余光をとどめていた。すでに臨界に来ていながらそれを乗り越えようとし、固より成就かなわぬ試みに自らはその原因をつかみ損ねたまま、得《え》も言えぬ苦衷を抱き考え込んではさらに挑みかかることとしか知らなかった蒲田の切羽詰まった息差しが、昭二の心の耳膚《みみはだ》には今もなおよく聞こえてあった。

○

「おれのやっていることは拙いことだとは自分でも思うさ。だが今はまだこれしかないんだな。もう少しで何とかなりそうな気もするけど……。何れにしても最初やり始めた頃は、ただぶっ飛ばしたいだけの訳のわからぬ衝動を自分ではどうすることもできなかった。そんな自分の情感だけが確かだったんだ。それにせめて忠実でいたかったっていうだけのことなんだよ。そんなことを繰返しているうちに、おれの心も体もある抵抗を感じ始めたんだ。握った輪ッパにしっかりと返ってくる手応えがある。それは何かというと生命のわななきとでもいうのかな、死の影と言ってもいいや。それがわかったとき怖ろしかったね。自分が死ぬなんてことは一度も思ったことはなかったし、そんな感じは今まで味わったことがなかったからな。それからは持ち時間《ベストタイム》を僅かでも縮める、記録《レコード》を塗り替える、さらに新記録を樹立《マーク》する。――危険だとわかっていても、いや危険だからこそ次第におれにはそいつが必要になってきたんだ。だからと言って、何も時間《タイム》にこだわっていることにはならないのにさ。他人《ひと》はおれのことをただの飛ばし屋、スピード狂のように言いたがるよ」

北村と梯子酒してまわったスナックで、蒲田は店主《マスター》を相手に一人で飲んでいた。ほどよく酔いがまわっていたのか蒲田はよく喋った。脇にいた北村が酒の勢いで冗談半分に声をかけた。

「深刻な話はやめましょう。人生愉快にやりましょう。さあ、乾杯」

自分が持っていたグラスを蒲田が口に運ぼうとしていたグラスに当て、音を立てた。見知らぬ酔客に割り込まれて困惑し、胡散臭そうに北村を見遣りながら、それをうっちゃるように店主の方に向き直って、グラスに残った酒を一気に空けて蒲田は言った。

「近いうちにまたあるんだ。今度は見に来てくれよ」

昭二はそのあけすけな態度の端々から感じられる飾りけのない人柄や、どうかした拍子に見せる自己の内側をのぞき込んでいるような眼差しに、なぜか親しみを覚えた。

蒲田が店を出て行ってから昭二は店主に尋ねた。

「誰」

「レーサーさ。蒲田修っていう。まだ若いけど、わりと有名な方だよ。モトクロスから四輪に転向した人なんだが、センスはいいもの持ってるよ。これからが楽しみだな」

「よく来るの」

「うちとは馴染みさ。そう言やぁ、昭ちゃんなんかとは出会《でくわ》したことなかったな。序《つい》でがあったら紹介するよ」

そう言って店主は次の競走《レース》の日に昭二を誘ってくれ、北村と三人で観戦しに行ったのだ。その日、蒲田の車《マシン》はエンジンの故障《トラブル》を起こして半途で退場《リタイア》してしまった。それでも他の参加車《エントリー》の走行を最後まで見ていた蒲田はつまらなさそうに、

「ただ速く走るだけじゃあな。おれはどうしてか不断生きているって感じがし

ないんだな。こんなことを続けているのもその感触を確かめたいからかもしれない。勝敗《かちまけ》や記録《レコード》も大事には違いないが、そんなことよりもおれは自分の生命の手応えだよ。目一杯走っていると時間《タイム》はそれなりに何とかなるものさ。あんたなら嘲笑《わら》うんだろうな。スピードなんて所詮児戯にも劣る暴力でしかないものな」

独り言ちるようにそう言って競走《レース》の終わった競走場《コース》に出て行った。黄昏の中に突っ立った蒲田の人影が孤独だった。アスファルトコンクリートで舗装された周回路《サーキット》は黒ずんで見えるばかりで、昼間の喧騒は嘘のように、乾ききった路面が人間を拒んで唖者のようにそこに在った。これまで何度か若いレーサーの生命を奪った急なカーブが視界の向こうに切れて見える。今日の棄権《リタイア》に蒲田の後ろ姿がどこか口惜しそうだった。蒲田は遠くを見つめたままじっと動かなかった。何ものかへのその直向《ひたむ》きな注視と馴れ合いを断ち切ろうとでもするような沈黙は、すでに次の機会に照準を合わせているように見えた。

以後の諸戦は予選を確実にものにし、ポールポジションを常に奪い取って危なげないレース展開で見事な勝ちっぷりを続けていた。昭二も暇をみつけてはよく蒲田とも飲んだものだった。誰も蒲田の手腕《うで》を疑う者はいなかった。そんな矢先、初夏に行われた競走《レース》でのことだった。

序盤から蒲田は飛ばしていた。始動《スタート》でやや出遅れたためだったが、先行車との時間《タイム》差はほとんど気にならなかった。予定周回数を三分の一ほど走り終わった頃、蒲田のマシンはそのペースを緻密に計りながら五番目を走っていた。どのドライバーも相手に恣《ほしいまま》の疾駆を許さぬ果敢ではげしいかけ引きのうちに、勝敗の帰趨はこれから先にかかっていた。目に見える距離に敵手をとらえながら、蒲田は徐々にその差を要所で縮めていった。

そして、ピットに入った。持ち場の要員がせわしげに傷んだ車輪《タイヤ》を交換する。

燃料を補充する。競走《レース》の緊張でカラカラになった咽喉《のど》の渇きを癒す蒲田のごく間近を、事すさまじい排気音をたてて他車が全速力で走り抜けていく。日頃どんなに有利な条件で走っていても決して顔には出さぬ蒲田だったが、この日だけはその表情に余裕の色さえ浮かべていたのだ。

ピットインしてからは二台の車と競り合いを演じ、抜きつ抜かれつしたがそれでも四位より下には落ちなかった。蒲田は機を見計らいながら、自分の車を抜き去った対抗車を意欲的に抜き返していった。先頭《トップ》を走っていたはずの車はいつの間にか前方の視界から消えて脱落してしまっていた。あと二台を追い落とせばよかった。

残る二台は同じチームのものだった。絶妙のコンビネーションで単独首位に立とうとする蒲田を巧みに牽制し、ややもすれば露骨にその進路を阻んで、意地悪く妨害までしてきた。二対一の苦戦を強いられた不利な戦況のなかで、車体《ボディ》と車体《ボディ》が数回接触するという追いつ追われつのデッドヒートのあげく、そのうちの一台はほどなく調子がおかしくなって、エンジン停止《ストップ》してしまった。蒲田はこの難場を何とか凌いで持ち堪え、仲間の災難でみせた対手の動揺に乗じるのを忘れず、これを勝機と狙いすました息を呑むハンドル操作で鋭く抜け出、予定どおり独走の態勢に持ち込んでいった。残った一台は、そんなこんなの恨みも手伝ってか、執拗に蒲田に襲いかかってきたが、一対一《サシ》の勝負なら所詮結果は知れていた。ところがヘアピンを切り抜け、次のカーブを上手に弧を描きながらかわしつつ、最終コーナーを回って抜けようとする出口での起ち上がりざま、一気に直線に入ろうとした時、蒲田のマシンは後部《テール》を大きく左右に振って旋回《スピン》したのだ。崩れたバランスのまま方向を失い、後続車との二重三重の接触、衝突を繰り返し、もんどりうって横転したかと思うと、それとともに大きな爆発音が聞こえた。上部を下にしたマシンは四本の太く逞しい車輪をしばらくの間空転させて足掻いていた。救助車が駆けつけたがどうなるものでもなかった。蒲田は変わり果てた即死体となっていた。

蒲田はこれまでどのチームにも属さず、誰ともグループを組まなかった。それだけに陰ではいろんなことが噂されてもいた。死んでからも、『大体この世界にいて、優勝して、それも最速で走って賞金まで手にして、笑顔ひとつ見せないのはあいつぐらいなもんだよ。勝利の女神も愛想をつかしたってことだな。生きていく世界を間違えたのさ』そんなことも囁かれた。

『スタートからチェッカー旗《フラッグ》を潜るまでの死闘の果てに、チェッカーをくぐり抜けたその途端、おれは自分の中に何か落差のようなものをいつも感じるんだ。それは目的を遂行したという安堵感でもなければ、こんなことをして何になるのだという徒労感でもない。その落差のようなものを感じる度に、それが一体何なのか、またどうしてなのか摑めそうでいて摑みきれないんだ。でもそいつがきっと摑めそうな予感だけはするんだ』事故死してからしばらくの間、昭二は生前蒲田が何度かそう言っていたことの意味を感じとろうとしていた。『短い間にあれだけの競走成績《レースリザルト》を残した男が、到達した決勝点《ゴール》で得体の知れぬ落差を常に感じ、コクピットの中の己に満たされぬままでいたとはどういうことなのだ』昭二は思った。『蒲田は蒲田で手探っていたのではないのか』それは正銘の生命に触れ得る隠されてある回路を見出すための彼なりの試行錯誤だったような気がしてならなかった。しかし、もしそうだとしても、そうして真底生きることを願って走ったことが死ぬことになるのなら、それは背理ではないか。何に対してかわからぬやり場のない憤りが昭二の胸にこみ上げてきた。自分なりの生を生け擒にし、それと刺し違えようとでもするかのように、競走《レース》となれば人が変わったみたいに走り続けてきた蒲田の白熱は何のためだったのか……。

『北村自身がどう言おうと、あの遊蕩ぶりはそのことによってはまだ真実には満たされてはいない自分が、まことの自分の生に出会うためのあの男なりの無意識の模索ではないのか。蒲田も車《マシン》の中の自分に何故かは知らぬ落差を感じながら走り続けてきたのだ。北村の言う真空状態の、おれたちに与えられた唯一の現実の中で、確かな手応えを返してくるものを求めて。しかし、それを北村や蒲田のやり方のように、他から切り離された単に個体的な享楽、走行のうちに感じとることがたとえ出来たとしても、それが何になるというのだ。それは遂には自己満足に終わるしかない生命の感触でしかありはしない。それは人生という道に他人よりは一際濃く落として映し出してみせた影、というだけのことじゃないのか。それはまた、快楽や危険に曝《さら》された生命が本能的に感じる動物的なものでしかないのだ。そしてそれは、外物に触れた感覚の、確かなようでいてその実曖昧というのが正しいかもしれぬ錯乱のような気もする。だとしたら其処《そこ》に、本来の自分との間に蒲田のように齟齬を感じるのも当然ではないか。北村はそれとは気付かず、無意識のうちに手応えを外部に求め、同じところをぐるぐる廻り、それを突き破ることがかなわず、そのことに薄々気付いていたかもしれぬ蒲田もまた自己を反転させるところまでは辿れなかった。というよりも、その選んだ方法のゆえにその手前ですでに自身難破していたということじゃないか。どこまでも味わい尽くそうとする北村の道楽や死と隣り合った蒲田の疾走――。おれたちの周りには、もうそういうものしか確かな手応えを返してくるものは本当にないのだろうか。もしそうだとしたら、今おれが感じているこの内からの、もの静かな確かな脈動は一体何なのだ』ふつふつと湧き立つような独語のうちに、我が身をも省みながらその感覚の聢《しか》とした手ざわりに導かれるまま、昭二は今一度はっきりと思った。『おれたちを包み囲んで密閉し、実感としての生死も定かならぬこの奇妙な仮死状態からの転身とは、日々自己と自己の周囲に思わず知らず欺かれつつある自分自身に、本然の意味での自由を呼び覚ますことにあるのではないのか。生へ到る道はもっと別の次元に敷かれているのだ』と。そして、思いながら、己が心の在処《ありか》を物心ついてからそれまで幻と現実の交錯のうちに探し求め、かえって迷宮のような自己の内に知らぬ間に入り込んでは、その中に何時しか閉じ込められて容易に出口を見つけ出すことの出来なかった自分自身が、漸くその出口を見つけて、晴れていく霧の流れの底から洗われつつ浮かび上がるのを、昭二はその追懐のうちに再び感じ直したのだ。

魂の内にこそ、静謐な生命の呼吸が本当の自分として息吹いてある、ということのそれはさらなる発見でもあった。

◯

ストローのささったまま空になったアイスコーヒーのコップの底に残った氷

が、融けて濁った水に変わっている。北村が取り持って決めた時間はすでにまわっていた。昭二は窓から外を眺めた。街はまだ明るかった。交差点の横断歩道の前に何処からか溜《た》まった雑踏が、ほどなく変わった信号に、さながら堰を切って放たれた滞留物の一群《ひとむら》のように一斉に流れ出していく。高いビルの階上パーラーから眼下に見るその移ろいは、魂をどこかに置き忘れ、行き場を求めて浮遊する所在ない人形《ひとがた》の漂流のようだった。遠くの方で赤茶けた建物《ビル》の壁を這うようにして動く電光ニュースの文字が、薄汚れた大気の中でその日の出来事から拾われた何本かの事件を無感情に伝えていた。何故か時間の気にならぬまま、もう一本煙草に火を点けようとしていた昭二に、

「津山さんですか」

ウェイトレスが来て尋ねた。昭二が振り向いて頷くと、

「お電話のようですけど」

手短に告げながら、キャッシャーの角《かど》の赤電話の方を流し見た。昭二は席を立った。

電話はマリーからだった。

「わかったわ」

声が昂ぶっている。

「何が」

矢庭に言われて、一瞬語気強く問い返した昭二に、

「父《パパ》よ」

唐突だった。

「生きてるらしいの」

あまりに突飛なことに、今まで待たされていたことも忘れて、昭二は何をどう言えばよいのかわからなかった。

「そのことで大変だったのよ。あたし、今日そっちへ行けないわ。約束守れなくてわるいけど……」

昭二は何か言おうとし、口ごもった。

「また連絡するわ」

マリーは急かされたようにそれだけ言い、電話を切った。受話器を耳に当てたまま台に戻す時宜も得ずに、通話の途絶えた音をしばし昭二は無表情に耳の底に聞いていた。『おれは何を待っていたんだ』ふと思った。そして、そう思うとそんな自分がなぜか可笑しかった。

すぐ横で、早出のウェイトレスが二人、あと少しであがる時間にその後のことについて話し合っている。

「あんたこれからどうすんの」

「踊りにでも行くつもりよ」

「一人じゃつまんないわよ」

「ハントするのよ」

「どこ行くの」

「この辺なら〈冥王《プルート》〉」

「あたしも暇だし、行ってみようかな」

「割勘よ」

「わかってるわよ」

マリーのために空けておいた時間が虚《うつ》ろだった。片方の女の子とは顔見知りだ。これまでの何回かのやりとりで感触もわるくはなかった。きっかけさえつけてやればついて来るかもしれない。

「踊りたいなら連れて行ってやろうか。よけりゃそっちの娘《こ》もまとめて奢りにしとくよ」

受話器を戻しながら、近くに立っていたまだ幼さの残る顔立ちのその子に声をかけてみた。それに使う小遣いが浮いたことを喜ぶように、二人は顔を見合わせて頷き合っている。訳もなく話はきまった。

昭二はテーブルに戻って勘定書《ビル》をつかみ、その足でレジに支払いを済ませると、少女たちのあがる時間に合わせてその二人とともに店《チェリー》を出た。

久しぶりだった。相も変わらぬ事々しい音楽が、閉ざされた部屋いっぱいに鳴り響いている。その狂騒の調べと舞踏場《ホール》を気ままに跳梁する目眩《めくるめ》く光の暗射にほとんど感覚を麻痺させて、ホールの中央に一団となった踊り手たちは、そうとは知らずその肉体に操られてはとび跳ね、アルコールの匂いと澱んだ紫煙に混濁した空気の中で、滴り落ちる汗とともに若い力を発散していた。連れてきた二人の少女は、もう踊り場の皆の間に溶け込んで体を器用にくねらせている。北村やマリーとも何度か訪れては、その時その時、その場その場の成り行きと情動にまかせてはしゃぎながら、何か今ひとつ満たされぬような気持ちによくなったことを昭二は思い出した。その集団に混じって、彼らの踊りを半ば感心したように、半ば呆れたように見続けたことも幾度かあった。憑かれたような乱舞のうちに惜しみなく費やされるその若さを、昭二は今、何か堪らぬもののように感じるのだ。何者かに吸いとられ奪われていく若い生命の、それがかけがえのない姿なのか。それは結局いくら力を入れて踏み込んでみても、切れた連軸器《クラッチ》を繋ぐことが出来ずに、いやそのことの故に尚一層の力をこめて踏み込みながら、空回りしているエンジンの大仰さに似ている。そんな彼らに北村の言ったことの正しさが、つまりは証明されているというのだろうか。そしてまたあの女教師の話していたことが……。昭二は取り寄せた生《き》のままの洋酒《ウイスキー》を口に含み、その舌を焼くような刺激を堪えつつ、じっと思いを集中しながらもう一度そのことを考えてみた。『おれの中を貫いて奔る過去と未来に跨る不可解な流れ——。日常の時間とはまた違った別の時間の流域をおれはそこに感じるのだ。おれを記憶もない遠い過去から支えているもの、おれであっておれでなく、おれでなくておれであるもの。何かしら複雑すぎる、というよりも混沌の、それにもかかわらず一統して滔々たるそれは秩序のような気がする。それは自分の身内に感じられるどうしようもない内的な感覚だ。それを欠いては自分が生きていると感じられぬ根源的なもの——そして人はそれとは知らず、気付かずに生きているそのことの中にすべては眠っている、隠されている。誰という差別なく等し並みに与えられている、それこそが真実の生と呼ぶに相応しい最終的に生きていることそのことではないのか。非論理的な断片がそれぞれに睦び合い、それでいてそこには何の矛盾も起こることなく大きな感情を充足させている。そのことを自分ははっきりと覚め、覚めていて自分は感じているのだ』昭二は思った。そしてまた、成る程気がついた時にはすでに何かが始まってい、己の意志とは全く無関係に走り出してしまっているこの時代という怪物に、自分もまた魅入られているのだという事実は争いえぬことだとしても、そのことが直ちに刹那的で安易な生の方向を決して指し示しもせず、また正当化させるものでもないことを、はげしい内観のうちに感じた。

『誰にどう食い止めようもない大きな時代の流れであるとは言え、その潮の流れの中をただ浮遊物のように漂い押し流されながら、その結果しか引き受けることの出来なかった者たちが、取りも直さず自分たちではなかったのか。物質的なものの氾濫を幸福と短絡し、誰しもが心の底ではどちらかと言えばそのことにほくそ笑みながら、そう思いつつ何食わぬ顔で頬かむりし、さっぱり口に出したがらぬ平和という標語で掩蔽された日ごとの偸安のうちに、復興の実際は知らず、齎された繁栄を享受するだけの時間の中で、おれたちの精神は今死にかかっているのだ。それでなくてどうして、というよりも、北村も、また蒲田も、だからこそその状況に取り囲まれながら、生きることを試み、生を実感しようとして真に生きているとは思えぬ常日を、なお必死に自己を回復しようと執着し続け、その愚かしいとも言える各々の行為を倦むことなく反復もするのだ』昭二は、おどろしそうにが鳴り立てる正気を失った強暴な音に抗いながら、己を凝らしてなおも思い続けた。『しかし、だからといっておれたちは必ずしも死にはしない。記録さえない過去の系図の総体としての自己に目覚め、己の内に秘匿されている不可解ではあるが確かな、それこそが自分という人間の実体だという溢れくるような思いをどうすることも出来ないならば――。その広大な過去の沃野は、今《いま》、目の前で狂熱的に踊りに痴れ興じている者たちにも、一様に与えられているのだ。その人間の豊饒さは決してなくなりはしない』

ホールの天井に吊るされて回っていた丸い銀色のきらめく球が、曲の切りかえに合わせて、ますますその回転を速めだした。大きな広間の両隅に据え置かれた光源からの光を反射した閃光の瞬きがまた一段と頻りになった。薄闇の中を間断なく小刻みに繰り出される慌ただしい光線の明滅をうけて、フィルムの一齣一齣を切り離して見るような、静止した動作の連なりとなった眼前に打ち続く踊り手たちのてんでんな姿態は、それを見つめる昭二の目に、千変万化の蒙昧を今なお生きる人の心の奥深くから生まれてやまぬ無数のいのちのあぶくが、その本来の河床をもとめて足掻くあらわな生命の揺蕩《たゆた》いに見えた。

詩集

「信長記」ほか（全十七篇）

信長記

不世出なる天才の
観ていたものは乱世と
言われる時代の今生を
いのちいっぱい根かぎりに
死のうは一定《いちじょう》しのび草
生きて天下にただす相

うつけと言われた吉法師
生きてはいても眠ってる
起きてはいても夢のなか

多くのひとの一生に
どうしようもなく覚めている
たぐいも稀な革命児

尾張といえど国半ば
いくさに兵は屈強《つよ》からず
知略才略かたむけて
天馬の空を行くごとく
群雄並みいる戦国の
はるか頭上を彼は翔ぶ

あまりに凄まじき気性ゆえ

その人となりを怖れられ
たれが理解も手にあわぬ
ただ彼ひとりさえざえと
不気味なほどに冴えわたり
未知の星座をきらめかす

たれか短気と彼をいう
酷薄無残と非難する
いずれも皮相をかするのみ
天下布武するこころざし
その統一を考える
私心これなき真面目

楽市楽座は道三の
創始とはいえ信長も
関所の廃止と相まって
時代の悪弊にあらがって
とりいれ生かした新しき
気風あふれるまちづくり

戦史をかえた長篠も
七層安土の城塔も
することなすこと驚きの
破天荒なるその仕業

意表つきたる美意識に
裏打ちされてこころよし

虎豹皮のむかばきに
南蛮笠は黒びかり
片肌ぬいだその雄姿
馬上にあって颯爽と
一流異装に身をかため
凱旋軍列のはなを行く

叡山、長島、本願寺
後白河の法皇も

おもいのままになしえずに
嘆きたまひし僧俗を
徹底的に討滅し
はじめてここに教権を
ものの見事に打ち破り
この世の虚実をあばきしを
なぜか暴挙と人は呼ぶ

三度背きし久秀も
あっさり赦して放し飼い
気宇のはかれぬ宏大さ
型にはまらぬ奔放さ

ありきたりには物足らず
常識道にはとらわれぬ

おもえば今川義元を
田楽狭間に討ち取って
時代はまさに信長を
一人えらんで翹望し
是非に及ばぬ本能寺
炎とともに果てるまで
名ある幾多の武将さえ
彼を日とする天体の
惑星としてめぐりゆく

疾風迅雷とどろいて
電光石火に駆け巡り
乱れし時世を平らげて
応仁以来の大乱に
終わりを告げて安らえる
新しき世をつくるまで
寸暇を惜しまず生きるのみ

日に夜をついだ戦いに
謀略、毒殺、叛逆、侵奪、裏切りと
権謀自由のあけくれが

一分の隙もいのちとり
そうともそれと知りながら
まさかにつくった空隙を
ここぞとばかりにつきくさる
瓜実顔めのぬかりなさ

信長一期の不覚とは
このことなるぞこのことぞ
はじめてとりしこのおくれ
言えばせんないこととなる
わからぬものは人こころ
惟任日向よ是非もなし

中国、四国、九州も
もはや時間の問題と
なりし頃合い口惜しや
毛利を攻めて筑前が
はやく来たれとおれを呼ぶ
いざ出陣が奈何せん

だれの手になる天下でも
それはそれとはいうものの
光秀きさま大丈夫か
後事を託すこころざし

気合いとともに信長が
しばらく見定め預けおく

潔すぎる最期のいのち
なにはともあれ五十年
滅せぬもののあるべきか
身いのち惜しまずここまで来たのだ
不住涅槃がわが信条
冗談口をたたいてみると
なにを今さら信長が
抹香くさいといわれるわ
ワッハッハッハッハッハッ……………

「金と銀」への献詩

今宵ふたり夢の森で
踊りつづけるひととき
星降る月の夜に
二人だけの甘美な世界

手に手をとって
呼吸を合わせ
もの静かなワルツ
今リズムはめぐる
美しいその調べに

運ばれてまわる
もう一度まわる
かろやかに
（この節くりかえし）

耳をそっと澄ませば
葉音やさしく
二人だけの歌うたっている
辛いかなしみはみんな忘れて
何もおもわずに踊りましょう

手をとって音《ね》にのせて
踊りつづけましょう

人知れぬ湖にいついつまでも
二人頬よせて一夜を明かせば
いつかしらやってくる
よろこびの日が

見つめあえば言葉はいらない
それがすべて二人のこころ
燃えるおもいただこのひととき
手をとって踊りましょう
いのちのかぎりに

今宵ふたり夢の森で

踊りつづけるひととき
星降る月の夜に
二人だけの甘美な世界

手に手をとって
呼吸を合わせ
もの静かなワルツ
今リズムはめぐる
美しいその調べに
運ばれてまわる
もう一度まわる
かろやかに

「ドナウ河のさざ波」に寄せる

とこしえのいのち願い
ドナウの波にゆられて祈る

恋かなえど
歌はかなく
愛せつない

今ここにめぐる月日
あなたと二人で生きる
もう二度と来ない日々を

二人で踊るこのワルツ

みんな忘れて踊る
風に吹かれて踊る
誰も来ないところで
朝がくるまで
　　　　　　（この節くりかえし）

ちょうど鳥のように
まるで蝶のように
そして花びらが、そう舞うように
タラララ腕に抱かれまわる
こころひとつ駆ける

鯉となり跳ねる跳ねる
二人だけのこのダンス　（この節くりかえし）

この世のかなしみ
河面に流して
刹那のよろこび
歌いましょう
二度とはかえらぬ
過ぎゆくこの日を
束の間抱きしめ
踊りましょう

まわる
はねる
まわる　かける　はねる
まわる
かける
タララはねる鯉のように（この節くりかえし）

もう何もためらうものとてない
すべては夢やがて消えてゆく
あゝ二人は言葉も交わさずに
踊り明かす
かえらぬ日を

惜しむように

さあもう一度またはじめに戻って
もう一度飽かずくりかえせば
覚えずこころなごむメロディー
最後の二人のワルツ　（この節くりかえし）

もう何もためらうものとてない
すべては夢やがて消えてゆく
あゝ二人は言葉も交わさずに
踊り明かす
かえらぬ日を

惜しむように

二度とはかえらぬ
過ぎゆくこの日を
たがいに抱きしめ
踊りましょう

みんな忘れて踊る
風に吹かれて踊る
誰も来ないところで
朝がくるまで

さあもう一度またはじめに戻って
もう一度飽かずくりかえせば
覚えずこころなごむメロディー
最後の二人のワルツ

「メリーウィドウ・ワルツ」へ

きっと幸やってくるから
愛もっと強く信じて
じっと夢見て生きる
栄えあるその時まで

二人で陽気に踊りましょう
人目は気にせず踊りましょう
かの人なくした涙なら
知らずにいつかはかわくでしょう

愛しあえばいいの
過ぎたこともう忘れて

蒼い月の下で
二人だけで踊る
星の雫とともにうけ
夜はかがやく

白い絹の肌は
湖《うみ》の色に染まり
誰も知らぬ宝秘めて
澄んだように光る

踊れよ
今ひとたび踊れば
悩みは消え
喜び溢れる
今宵こそ

愛しあえば涙はいらない
見つめあってわかるの
そうよあなたが

かの人忘れて

さあ踊りましょう
かなしみや心の憂さ捨てましょう
もう一度わたしに
さあくださいな
あなたの瞳とその微笑みを

きっと幸やってくるから
愛もっと強く信じて
じっと夢見て生きる
栄えあるその時まで

だれもいない

二人の夜

甘い想いにふけりながら過ごす　（この節くりかえし）

二人で陽気に踊りましょう
人目は気にせず踊りましょう
かの人なくした涙なら
知らずにいつかはかわくでしょう

愛しあえばいいの
過ぎたこともう忘れて

「セレナード」――シューベルト

『白鳥の歌』曲から返す詩

めぐりあい
行きちがい
季節《とき》めぐりて
　季節《とき》めぐりて
暮れなずむ
空のいろ
じっとながめる
　じっとながめる
こころひそかに

君しのべば
　君しのべば
こんなせつない
おもいはなぜ
　おもいはなぜ
もう二度と
めぐりあえないと
　もう二度と
　めぐりあえないと
どこかしら
たれかしら
そっとささやく

ゆえ覚れど
いたずらに
悩みこし
日々かえらず
　日々はかえらず
おもいみだれては
こころいたむ
　こころいたむ
君を愛して
われはひとり
　われはひとり
今はじめて

おもいのたけ
どこまでも
ほとばしる
散るなよ
わが花
散らずに
残れよ
こころの花
わが愛の華

もう二度と
めぐりあえないと

ベートーヴェン第四番シンフォニイ
変ロ長調　作品六〇

ヨアヒム・カイザーの
クライバーと彼に率いられた
バイエルン国立管弦楽団の
面々への讃辞とは
シンフォニイのもつ
音楽家に固有な音の
あざやかすぎる蘇りへの
驚嘆であり
おそらくは

ベートーヴェンの生けるまぼろしに
面と向かい合うはめになった彼の
並外れたよろこび
といっていいものだ

暗い沈んだ音調ではじまる
第一楽章のアダージョは
ベートーヴェンの資質そのもの
のような意志力で
アレグロ・ヴィヴァーチェへと
展開する

最終第四楽章でみせる
間断ない音の
無限連鎖をおもわせる編隊飛行と
みごとな強弱の処理
驚くべきコーダの簡潔

『忘れ得ぬコンサート』——
とカイザーは言った
〈quadrature du cercle〉
聴くたびに
感動あらたなディスクは
ほとんど奇跡の

ライヴ録音の
ようである

旗幟

なにごとにも煩わされず
仕事にはげみ
誰にも気を遣わず
人を愛す

好きなものを摂取し
しかも偏食なく
こころをいずこにもとどめず
快楽にふけり
眠りたいだけねむって

惰眠をむさぼらず
自分だけの財宝秘めて
健康すぎる吐息をつく

異常とおもわれようと
変わり者と言われようと
さては半狂人呼ばわりされようと
おのれの感性のみをつらぬき
その余は知らず
すべてを使い果たし
使い果たして死ぬ

富も権力も地位も名誉も
この世にわたしを満たしうるものは
何もないから

愛の孤独

どのような讃辞も
どのような名残りも
とどかぬ思いと
こころのへだたり
語りかける未練を
それは奏でているのだろうか

無言のうちにすべてを許して
だしぬけに訪れた恋に
今は終わりを告げる時ではないか

ひそかな沈黙を道づれに

いつも誰かを
目に見える、目の前の誰かを
愛していたいと
今もなお叫ぶことができるなら
花をはなれる蝶のこころ
ひとり抱いて
この恋を去ろう

《BELLE》――神戸――

レストラン
パーラー
カフェテリア

アルバイト
ウェイトレス
少女

見ていると
飽きない

生のままの膚

すなお
しんけん
きんちょう

ひとみ輝くとは
あの少女たちのことを言うのだ
切る風さわやかに
こころにふれる

水

詩集

サラダ
スープ
アントレ
デザート
ショートケーキ
コーヒー

そして——
ラディション

キャッシャー
つり銭

チェック・アウト

立春

先を歩いて行く私を
左側から追い抜いた君の
キャメル色の品のいい
オーバーコートの背に
――こんにちは
私は声をかけた。
一瞬、はっとしたような
表情をして
――こんにちは
それでも落ち着いて

礼儀正しく君は答えた。
しばらくの身辺むだばなし

……………………………

折から天候は不順で
雪の花びらが
きままに空に戯れていた。
おそらく直に君と少し長い話を交わしたのは
この時がはじめてだ。
そして、二人並んで歩いたのも。
いつの間にか
風に踊り、舞い落ちる
いたずらな白い精が

いくつも君の髪にくっついていたっけ。
音もなく降りかかる
空中で昇華された自然の結晶で
知らず君はひとときのヘア・アクセサリーを
頭上にちりばめていた
微笑んだ君の目は
穏やかに澄んで
未知の深海に眠る
真珠のような光沢を
うつしていた。

この日、二月四日

私は近頃にないある満ち足りた時を過ごした。

ひとり言

（口をつぐんだ沈黙が
こころの岸辺にあふるとき
言わずもがなの胸のうち
そっとわたしにつぶやかす）

……………………
……………………
……………………

季節でいうなら
雪どけの早春

花なら水仙のうまれかわり
はんなりと淑やかに
優美

音楽は
ジャズ、ポップス、ロック
演歌、フォーク、シャンソン……
どれもみな不釣り合いで
クラシックか邦楽の箏曲がいい

貴金属ではプラチナ輝く

上品な白きまばゆさ

宝石ならダイアモンド
その無色透明、ひかる堅い気稟

天体を配しては
ヴィーナスのまたたくきらめき

霧のはれた湖水に
清冽な渓流のせせらぎ

…………………………………………
…………………………………………

あやかしのゆめ

いつか見たゆめ
あやかしのゆめ
ふしぎな出会いに
とまどいながら
そのゆめのなかに
費やされた
多くの時間
――直観。懐疑。そして、熟慮。

めぐりあい、

もとめ、
また
すれちがいはしても
いつかは結ばれなければならぬ絆が
すべてのためらいを
私からとりのぞいて
率直素直な
ありのままの自分にかえす

私の視覚《ヴィジョン》に
今も残る
あのふしぎな

いつか見たゆめ
あやかしのゆめ
それは
千里を去来する
人のこころ

逢えない時間

逢えない時間とひとりの私
それでも私は
何の不平もなかった

私は歩く
いつものように

ふと見上げた空は
いのちの孤独そのままに
どこまでも

高く
青く
はてしなく
かぎりない叡智に
澄んでいた

私は
ひとりの自分を
かなしんではいない
そして
よろこんでもいない
けれど

もし君が私のそばにいて
語らい合えるなら
どんなにか私はうれしいだろう

逢えない時間に
逢える時間
そのひとときをおもいえがいて
逢えない時間に
私はそだてる
河床に沈む
砂金のように
人みひそかな

知と愛を

海に降る雪

海に降る雪どんな雪
水面にきえてく白い花
とめどもなしにしんしんしんと
ただしんしんと落ちている
散るはなびらのうつくしさ
そのはかなさが永遠を
ひとのこころに呼び起こし
過去も未来も現在も
すべてをどこかに置きわすれ
なにもおもわずまた言わず

惜しげもなしにしんしんと
ただしんしんと落ちている
あゝこの瞬間《とき》をこの今を
抱きしめつづけてはなさずに
つらいいのちの白夜なら
傷つきやすい永遠を
吐息につつんであたためて
永久《とわ》なる虹の橋を架け
ひとりの冬に持続する
愛のはがねのしなやかさ

風のダンス

言葉をうしなった風のダンス
君の髪へ、　くちびるへ、
パンプスのヒールを襲ってたちのぼり
巻き込む渦のつむじ風

言葉をうしなった風のダンス
ステップいっぱい宙にとり
赤いルージュのほのかな匂い
さらってゆくよ街の角

言葉をうしなった風のダンス
しらべはどこの空からくるの
君は気づかずともつながれた掌
リードのとおりについてきてよ

言葉をうしなった風のダンス
跳ねて踊って運んで飛んで
くるくる回って立ち消える
何処《いずこ》へか去《い》ってしまった風のダンス

松柏木

何のてらいもない
何のかげりもない
何の見栄もない
あのさわやかさ
真澄のこころ
少女の部分をのこしているね
「君を夏の一日に譬えようか。
君は更に美しくて、更に優しい。
心ない風は五月の蕾を散らし、
又、夏の期限が餘りにも短いのを何とすればいいのか。

太陽の熱氣は時には堪へ難くて、
その黄金の面を遮る雲もある。
そしてどんなに美しいものでもいつも美しくはなくて、
偶然の出来事や自然の變化に傷けられる。
併し君の夏が過ぎることはなくて、
君の美しさが褪せることもない。」※
シェイクスピアの詩のように
君は保ちつづけることだろう
あわただしい時の流れの中で
あらかたの人が失い忘れていく
たいせつなものを

※「　」内は引用＝丸谷才一訳

《La Nausée》※

《Je viens vous faire mes adieux.》
アントワーヌがそう言った。
泥の街にお別れする頃。
《Le veinard !》
マダムは羨む。
《Vous partez, monsieur Antoine ?》
聞いた彼女に、
《Je vais m'installer à Paris, pour changer.》
彼が答えたから。
名残りのひととき、

二人の会話。
奥で男がマダムを呼んでいる。
ごめんなさいねとマダム。
給仕女が近づいて、
《Alors, comme ça, vous nous quittez ?》
同じことをアントワーヌに尋ねる。
アントワーヌも繰り返す。
《Je vais à Paris.》
あたしはパリに二年いたわと給仕女、
自慢らしく言う。
シメオンのところで働いていたのよ、
でも、ホームシックにかかったのね。

瞬時ためらい、
それから彼女は気づく、
もう何も言うべきことのないのを。
《Eh bien, au revoir, monsieur Antoine.》
彼女はエプロンで手を拭いて、
その手を差し出す。
アントワーヌも言わねばならない。
《Au revoir, Madeleine.》
彼女は立ち去る。
「ブーヴィル新聞」をひきよせ、
また押しもどす。
さっき図書館で、

最初の行から最後の行まで、
アントワーヌは読んだのだ。
マダムは戻らない。
情人が熱をこめてこねまわしている、
ぽっちゃりした手を、
情人にまかせている。
列車は発車する、
四十五分後。

※出典＝ JEAN-PAUL SARTRE, *La Nausée*, Gallimard.

浅井光明（あさい みつあき）

義務教育終了後、高等学校、大学へと進む。
司法書士、行政書士、宅地建物取引士等の資格を持つ。
神戸市生まれ。

今《いま》の現《をつづ》 ― 附・詩集（「信長記」ほか）―

2023年6月30日 初版第1刷発行

著　者　浅井光明
発行人　大杉　剛
発行所　株式会社 風詠社
〒553-0001 大阪市福島区海老江5-2-2
大拓ビル5-7階
TEL 06（6136）8657 https://fueisha.com/
発売元　株式会社 星雲社
（共同出版社・流通責任出版社）
〒112-0005 東京都文京区水道1-3-30
TEL 03（3868）3275
装　幀　2DAY
印刷・製本　シナノ印刷株式会社

ISBN978-4-434-31985-3 C0093